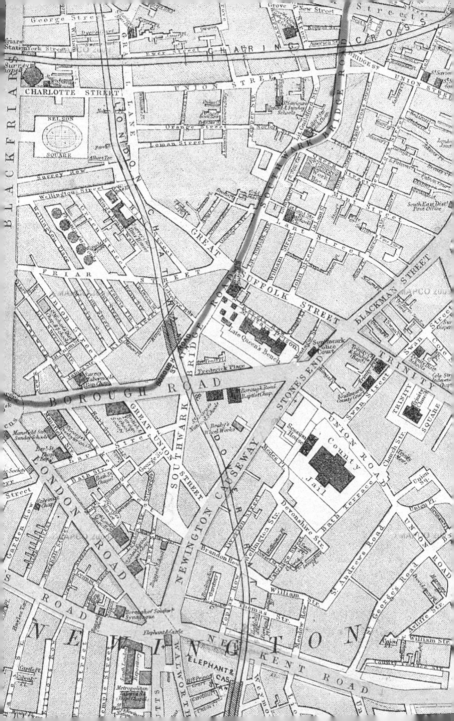

Roald Dahl

EL LIBRERO

WILLIAM BUGGAGE

RARE BOOKS

27a CHARING CROSS ROAD,
LONDON

Roald Dahl

EL LIBRERO

Ilustraciones de
Federico Delicado

Traducción de
Xesús Fraga

Nørdicalibros
2022

Título original: *The Bookseller*

© Roald Dahl Nominee Ltd., 1986
© De las ilustraciones: Federico Delicado
© De la traducción: Xesús Fraga
© De esta edición: Nórdica Libros, S. L.
C/ Doctor Blanco Soler, 26 • 28044 Madrid
Tlf: (+34) 917 055 057
info@nordicalibros.com
Primera edición en nórdica: marzo de 2016
Primera edición en rústica: febrero de 2022
Segunda reimpresión: sptiembre de 2022
ISBN: 978-84-18930-36-2
Depósito Legal: M-3414-2022
IBIC: FA
Thema: FBA
Impreso en España / *Printed in Spain*
Gracel Asociados
Alcobendas (Madrid)

Diseño: Ignacio Caballero
Maquetación: Diego Moreno
Corrección ortotipográfica: Ana Patrón y Victoria Parra

Hace tiempo, si uno se dirigía a Charing Cross Road desde Trafalgar Square, en cuestión de minutos se encontraba con una librería situada a mano derecha y sobre cuyo escaparate un cartel anunciaba: «WILLIAM BUGGAGE. LIBROS RAROS».

Si uno se detenía a curiosear a través del cristal, podía ver las paredes forradas de arriba abajo con libros y, si abría la puerta y entraba, inmediatamente lo envolvía el hedor a cartón viejo y hojas de té que impregna el interior de toda librería de lance de Londres. Casi siempre había dos o tres clientes, figuras sombrías ataviadas con abrigo y sombrero Trilby, que hurgaban en silencio entre colecciones de Jane Austen y Trollope, Dickens y George Eliot, con la esperanza de dar con una primera edición.

Daba la impresión de que nunca había un dependiente que atendiese a los clientes y, si alguien tenía tanto interés en pagar un libro como para no tomarlo, debía cruzar una puerta que comunicaba con la trastienda y donde se podía leer: «OFICINA. PAGUE AQUÍ». Al traspasarla, uno se encontraba al señor William Buggage y a su ayudante, la señorita Muriel Tottle, ensimismados en sus respectivas tareas. El señor Buggage se sentaba tras una valiosa mesa de despacho de caoba del siglo XVIII, mientras que a poca distancia la señorita Tottle disponía de un mueble algo más pequeño pero no por ello menos elegante, un escritorio de estilo Regencia tapizado en un cuero verde ya desvaído. Sobre la mesa del señor Buggage siempre había un ejemplar del día del *Times* de Londres, así como del *Daily Telegraph*, el *Manchester Guardian*, el *Western Mail* y el *Glasgow Herald*. También tenía a su alcance la última edición del *Who's Who*, un grueso volumen de tapas rojas, muy baqueteado por el uso. Sobre el escritorio de la señorita Tottle había una máquina de escribir eléctrica y una sencilla pero bonita bandeja con papel de correspondencia y sobres, junto a un surtido de clips y grapadoras y demás parafernalia de oficina.

De vez en cuando, aunque no con demasiada frecuencia, un cliente accedía a la oficina desde la librería y le entregaba el volumen de su elección a la señorita Tottle, quien comprobaba el precio escrito a lápiz en la guarda y aceptaba el dinero, buscando cambio si era necesario en el cajón izquierdo de su escritorio. El señor Buggage ni siquiera se molestaba en mirar a quienes entraban y salían y, si alguno de ellos preguntaba algo, era la señorita Tottle la que respondía.

Ni el señor Buggage ni la señorita Tottle parecían mostrar el más mínimo interés por lo que ocurría en la librería. De hecho, el señor Buggage era de la opinión de que si alguien quería robar un

libro, no iba a ser él quien se lo impidiese. Sabía muy bien que en aquellos estantes no se hallaba ni una sola primera edición de valor. Quizá un volumen de Galsworthy de cierta rareza o alguno antiguo de Waugh, que habrían formado parte de un lote adquirido en una subasta, y por supuesto que tenían alguna que otra respetable colección de Boswell, Walter Scott, Robert Louis Stevenson y demás autores, a menudo muy bien encuadernadas en piel o media pasta. Pero no eran la clase de objetos que uno pudiese deslizar en el interior del bolsillo de un abrigo. Incluso si un granuja hubiese sido capaz de salir con una docena de tomos, el señor Buggage no habría perdido el sueño por ello. Para qué iba a preocuparse, si sabía que la librería ingresaba menos dinero en todo un año de lo que sumaba el negocio en la trastienda en apenas un par de días. Lo que ocurría en ese cuarto era lo que de verdad importaba.

Una mañana de febrero con un tiempo de perros —contra la ventana de la oficina batía un aguanieve que resbalaba blanca y húmeda por el cristal— el señor Buggage y la señorita Tottle ocupaban, como era habitual, sus respectivos puestos, absortos, incluso uno podría decir fascinados, por su trabajo. El señor Buggage leía el *Times* y al mismo tiempo escribía anotaciones en un bloc con una pluma Parker de oro. De vez en cuando consultaba el *Who's Who* y proseguía con sus apuntes.

La señorita Tottle, que se había dedicado a despachar el correo, comprobaba unos cheques y sumaba las cifras.

—Hoy son tres —dijo.

—¿Cuánto da? —preguntó el señor Buggage sin levantar la vista.

—Mil seiscientos —respondió la señorita Tottle. El señor Buggage dijo—: Seguimos sin noticias de la casa de ese obispo de Chester, ¿no?

—Un obispo vive en un palacio, no en una casa, Billy —dijo la señorita Tottle.

—Me importa un rábano donde viva —contestó el señor Buggage—. Es solo que me pongo un poco nervioso cuando uno de esos no nos responde enseguida.

—De hecho, la respuesta llegó esta mañana —dijo la señorita Tottle.

—¿Apoquinó lo que le pedíamos?

—Hasta el último penique.

—Es un alivio —dijo el señor Buggage—. Nunca lo habíamos intentado con un obispo y no estaba seguro de si nos habríamos pasado de listos.

—El cheque lo enviaron unos abogados.

De inmediato, el señor Buggage levantó la mirada.

—¿Venía con carta?

—Sí.

—Léela.

La señorita Tottle buscó la carta y empezó a leer:

—Estimado señor: en referencia a su comunicación del 4 de los corrientes, adjuntamos un cheque por valor de 537 libras como pago definitivo. Atentamente, Smithson, Briggs y Ellis. —La señorita Tottle hizo una pausa—. No parece haber ningún problema, ¿no crees?

—Por esta vez vale —dijo el señor Buggage—. Pero no quiero ni más abogados ni tampoco más obispos.

—Estoy de acuerdo en lo de los obispos —dijo la señorita Tottle—. Pero espero que de repente no hayas decidido descartar a condes, lores y toda esa ralea.

—Los lores no son un problema —dijo el señor Buggage—. Nunca nos han traído complicaciones. Igual que los condes. ¿Y no lo hicimos una vez con un duque?

—El duque de Dorset —confirmó la señorita Tottle—. El año pasado. Más de mil libras.

—Excelente —dijo el señor Buggage—. Recuerdo elegirlo yo mismo después de haberlo visto en la primera plana. —Se calló para sacarse un trocito de comida de entre los incisivos con la uña del meñique—. Lo que quiero decir —prosiguió— es que cuanto más grande el título, más imbécil

será el tipo. De hecho, puedes dar por sentado que cualquiera que tenga un título será un imbécil.

—Bueno, Billy, eso no es del todo cierto —dijo la señorita Tottle—. A algunas personas les otorgan títulos porque han hecho cosas realmente geniales, como inventar la penicilina o escalar el Everest.

—Me refiero a los títulos heredados —dijo el señor Buggage—. Cualquiera que nazca con un título tiene todas las papeletas para ser un imbécil.

—Ahí te doy la razón —dijo la señorita Tottle—. La aristocracia nunca nos ha dado ni el más mínimo problema.

El señor Buggage se recostó en su silla y observó con solemnidad a la señorita Tottle. —¿Sabes qué? Un día de estos hasta podríamos intentarlo con la realeza.

—Oh, me encantaría —respondió la señorita Tottle—. Les sacaríamos una buena pasta.

El señor Buggage continuó observando el perfil de la señorita Tottle y, al hacerlo, en sus ojos se encendió un brillo levemente lascivo. Uno debe admitir que el aspecto de la señorita Tottle, juzgado conforme a los criterios más exigentes, era decepcionante. A decir verdad, juzgado conforme a cualquier clase de criterio, no dejaba de ser decepcionante. Su rostro era alargado y equino, y sus dientes, que también eran de buen tamaño, poseían una tonalidad sulfurosa. Igual que su tez. Lo mejor que se podía decir de ella era que tenía un busto generoso, aunque tampoco careciese de defectos. Era de esa clase en la que un solo bulto se extiende de un extremo al otro del pecho, por lo que a simple vista daba la impresión de que del cuerpo no le crecían dos senos individuales, sino que más bien se asemejaba a una larga barra de pan.

Para ser sinceros, tampoco el señor Buggage podía permitirse ser demasiado quisquilloso. Cuando uno lo veía por primera vez, la primera palabra que venía a la mente era *mugriento*. Era achaparrado, panzudo, calvo y fofo y, en lo que a su rostro se refiere, no quedaba más remedio que tratar de adivinar su verdadero aspecto, ya que no era mucho lo que dejaba a la vista. En su mayor parte estaba camuflado tras una espesura de tupido pelo negro, ligeramente rizo; una moda, me temo, demasiado común en estos tiempos; un hábito ridículo y, ya que lo hemos mencionado, muy poco higiénico. Por qué tantos varones desean ocultar sus rasgos faciales se escapa a la compresión del común de los mortales. Debemos suponer que si a estas personas les fuese posible dejar que el pelo les tapase también la nariz y las mejillas y los ojos, así lo harían entonces, por lo que acabarían sin rostro visible, con una obscena y bastante ruda bola de pelo en su lugar. La única conclusión posible a la que se llega cuando se observa a uno de estos varones barbudos es que la vegetación actúa como una especie de cortina de humo, y que la cultiva para encubrir algo deforme o repugnante.

Este era, con casi total seguridad, el caso del señor Buggage y, por tanto, debemos considerarnos afortunados —especialmente la señorita

Tottle— por la existencia de esa barba. Un melancólico señor Buggage seguía observando a su ayudante. Entonces dijo:

—Bien, cariño, ¿por qué no espabilas un poco y llevas esos cheques al correo?, porque en cuanto acabes, tengo una modesta proposición que hacerte.

La señorita Tottle miró por encima del hombro a quien le hablaba y le sonrió condescendiente, dejando a la vista sus sulfurosos caninos. Siempre que se refería a ella como *cariño* podía tener la certeza de que se estaban despertando unos sentimientos de naturaleza carnal en el pecho del señor Buggage, además de en otras partes.

—Dímelo ya, amor mío.

—Primero ocúpate de los cheques —le respondió. Había ocasiones en las que podía ser muy dominante, y eso a la señorita Tottle le encantaba.

La señorita Tottle inició lo que denominaba su *Auditoría Diaria*. Consistía en examinar todas las cuentas bancarias del señor Buggage, así como todas las suyas, para luego decidir en cuáles se debían pagar los cheques. Verán, llegados a este punto, conviene aclarar que el señor Buggage tenía exactamente sesenta y seis cuentas distintas a su nombre, mientras que la señorita Tottle poseía veintidós. Estaban repartidas entre las diferentes sucursales de los tres grandes bancos, Barclays, Lloyds y National Westminster, a lo largo y ancho de Londres, y algunas también en varios barrios de la periferia. No había nada malo en ello. A ninguno de ellos les había resultado difícil, a medida que el negocio prosperaba más y más, entrar en cualquiera de estas sucursales y abrir una cuenta corriente con un depósito inicial de unos cientos de libras. A cambio recibían una chequera, un talonario de recibos y la promesa de un extracto mensual.

El señor Buggage había tardado poco en averiguar que si una persona mantenía una cuenta abierta en varias o incluso en muchas oficinas de un mismo banco, los empleados no se extrañaban por ello. Cada sucursal se ocupa solamente de sus propios clientes, por lo que sus nombres no circulan entre las demás filiales o la oficina central, ni siquiera en estos tiempos informatizados.

Por otra parte, la ley obliga a los bancos a notificar la declaración fiscal de todos los clientes con cuentas de ahorro de mil libras o más. También deben informar de los intereses que hayan ganado. Pero por ley las cuentas corrientes quedan exentas porque no generan intereses. Nadie se preocupa de la cuenta corriente de un cliente, a no ser que tenga un descubierto o, y esto pocas veces ocurre, que el saldo crezca hasta sumas desorbitadas. Una cuenta corriente con, por ejemplo, cien mil libras, podría conseguir que un empleado o dos arquearsen las cejas, y con toda seguridad el cliente recibiría una amable carta del director en la que le sugeriría que ingresase parte de ese dinero en una cuenta de ahorro y, de esta forma, generar réditos. Pero al señor Buggage los intereses le importaban un comino, aunque tampoco le apetecía que se arqueasen algunas cejas. Por esta razón la señorita Tottle y él gestionaban entre ambos ochenta y ocho cuentas bancarias distintas. Era responsabilidad de la señorita Tottle que las cantidades de cada una de estas cuentas nunca superasen las veinte mil libras. Las cifras altas, creía el señor Buggage, podrían conseguir que se arqueasen algunas cejas, especialmente si las cuentas corrientes no registraban movimientos en meses o años. Ambos socios habían acordado repartir los ingresos que generase el negocio al 75 por ciento para el señor Buggage y el otro 25 para la señorita Tottle.

La Auditoría Diaria de la señorita Tottle comprendía el análisis de una lista en la que consignaba los saldos de todas esas ochenta y ocho cuentas diferentes, para luego decidir en cuáles de ellas debían depositar el cheque o cheques de cada día. En su archivador guardaba ochenta y ocho carpetas distintas, una por cuenta, así como ochenta y ocho chequeras y otros tantos ochenta y ocho talonarios. La tarea de la señorita Tottle no era complicada, pero no podía despistarse a riesgo de liarlo todo. Solo en la semana anterior habían tenido que abrir cuatro nuevas cuentas en cuatro nuevas sucursales, tres a nombre del señor Buggage y otra al suyo.

—Muy pronto vamos a tener más de cien cuentas a nuestros nombres —le había comentado entonces el señor Buggage.

—¿Y por qué no doscientas? —le había dicho la señorita Tottle.

—Llegará un día —le había respondido— en que habremos agotado los bancos de esta parte del país y tú y yo tendremos que hacer todo el camino hasta Sunderland o Newcastle para abrir otras nuevas.

Pero ahora la señorita Tottle estaba atareada con su Auditoría Diaria. —Listo —dijo, mientras metía el último cheque con su recibo en un sobre.

—¿Cuánto tenemos ahora mismo si sumamos todas las cuentas? —le preguntó el señor Buggage.

La señorita Tottle abrió la cerradura del cajón central de su escritorio y sacó un cuaderno de ejercicios escolares. Sobre las tapas había escrito: «Mi viejo cuaderno de cuentas del colegio». Le parecía un ardid bastante ingenioso, pensado para despistar a quien pudiese leerlo si alguna vez caía en las manos equivocadas. —Déjame sumar el ingreso de hoy —dijo, a la vez que buscaba la página en cuestión y empezaba a anotar cifras—. Aquí está. Contando lo de hoy, tienes en las sesenta y seis sucursales un millón trescientas veintidós mil seiscientas cuarenta y tres libras, a no ser que hayas ingresado algún cheque en los últimos días.

—No, para nada —dijo el señor Buggage—. Y tú, ¿cuánto tienes?

—Yo tengo… cuatrocientas treinta mil setecientas veintidós libras.

—Qué bien —dijo el señor Buggage—. ¿Y cuánto tiempo nos ha costado llegar a estas bonitas sumas?

—Solo once años —contestó la señorita Tottle—. ¿Cuál era esa modesta proposición de la que me hablabas, amor mío?

—Ah —dijo el señor Buggage, poniendo sobre la mesa su lápiz dorado y recostándose para observarla una vez más con un débil brillo licencioso en los ojos. Solo estaba pensando…, en realidad pensaba: ¿por qué diablos un millonario como yo sigue aquí, aguantando este asqueroso tiempo, cuando podría estar pegándose la buena vida junto a una piscina, en compañía de una chica guapa como tú, con unos criados trayéndonos copas de champán cada pocos minutos?

—¡Buena pregunta! —exclamó la señorita Tottle con una amplia sonrisa.

—Pues saca el libro y veamos dónde no hemos estado.

La señorita Tottle se acercó a una estantería en la pared opuesta y cogió un abultado volumen encuadernado en rústica titulado *Los 300 mejores hoteles del mundo, seleccionados por René Lecler*. Regresó a su silla y dijo: —¿A dónde esta vez, amor mío?

—A algún sitio del norte de África —respondió el señor Buggage—. Estamos en febrero y por lo menos has de irte al norte de África para encontrar algo lo suficientemente cálido. En Italia todavía no hace el calor suficiente, lo mismo que en España. Y no quiero saber nada del condenado Caribe. Ya he tenido bastante. ¿Dónde no hemos estado en el norte de África?

La señorita Tottle pasaba las páginas del libro.

—No es fácil —dijo—. Ya hemos estado en el Palais Jamai de Fez… y en el Gazelle d'Or de Taroudant… y en el Tunis Hilton de Túnez. Ese no nos gustó.

—¿Cuántos de ese libro llevamos hasta ahora? —le preguntó el señor Buggage.

—Creo que eran cuarenta y ocho la última vez que los conté.

—Y tengo clarísimo que completaré los trescientos antes de morirme —dijo el señor Buggage—. Es mi gran ambición y apostaría a que nadie más lo ha conseguido.

—Me parece que René Lecler sí —dijo la señorita Tottle.

—¿Y ese quién viene siendo?

—El tipo que escribió el libro.

—Ese no cuenta —respondió el señor Buggage. Se colocó de lado en su silla y empezó a rascarse la molleja izquierda del trasero, lenta y meditativamente—. Y, de todos modos, apostaría a que no lo ha hecho. Las guías recurren a cualquier fulano o mengano para que viaje por ellos.

—¡Aquí hay uno! —exclamó la señorita Tottle—. Hotel La Mamounia, en Marrakech.

—¿Y eso dónde queda?

—En Marruecos. Justo en el extremo superior izquierdo de África.

—Venga, sigue. ¿Qué dice el libro?

—Dice —leyó la señorita Tottle— que este era el sitio favorito de Winston Churchill y que desde su balcón pintaba la puesta de sol sobre el Atlas una y otra vez.

—Yo no me dedico a la pintura —dijo el señor Buggage—. ¿Qué más dice?

La señorita Tottle siguió leyendo: «Cuando el servicial criado moruno le conduce a uno hasta el patio de columnas, con sus azulejos y enrejados, nos hemos adentrado en una ilustración de *Las mil y una noches...*».

—Eso ya suena mejor —dijo el señor Buggage—. Continúa.

—«Su siguiente contacto con la realidad no llegará hasta que pague la cuenta en el momento de su partida».

—Eso a los millonarios nos da lo mismo —dijo el señor Buggage—. Vamos. Salgamos mañana. Llama a esa agencia de viajes ahora mismo. En primera clase. Cerraremos la librería diez días.

—¿No quieres ocuparte de las cartas de hoy?

—Que le den a las cartas de hoy —dijo el señor Buggage—. A partir de ahora mismo estamos de vacaciones. Habla ya con los de esa agencia. —Se inclinó hacia el otro lado y empezó a rascarse la nalga derecha con la otra mano. La señorita Tottle

lo vio y él vio que ella lo veía, pero le dio igual—.
Llama a esa agencia —dijo.

—Y haré por conseguirnos unos cheques de
viaje —dijo la señorita Tottle.

—Coge por valor de quinientas libras. Yo fir-
maré el cheque, a esta invito yo. Pásame una chequera y elige el banco más cercano. Y llama a ese
hotel donde quiera que esté y pídeles la *suite* más
grande que tengan. Nunca están completos cuando quieres la *suite* más grande.

Veinticuatro horas más tarde, el señor Buggage
y la señorita Tottle tomaban el sol junto a la piscina de La Mamouina en Marrakech y bebían
champán.

—Esto es vida —dijo la señorita Tottle—. ¿Por
qué no nos retiramos de verdad y nos compramos
una gran casa en un clima como este?

—¿Para qué quieres retirarte? —preguntó el
señor Buggage—. Tenemos el mejor negocio de
Londres trabajando para nosotros y, al menos yo,
lo encuentro muy divertido.

Al otro lado de la piscina, una decena de sirvientes marroquíes desplegaban para los huéspedes un espléndido bufé. Había enormes langostas frías y grandes jamones rosados, pequeños pollos asados con varias clases de arroz y, como mínimo, diez ensaladas diferentes. Un chef cocinaba filetes en una parrilla sobre brasas de carbón. Los huéspedes comenzaron a levantarse de sus tumbonas y colchonetas y se arremolinaron en torno al bufé, plato en mano. Algunos estaban en bañador, otros vestían ropa ligera de verano, y la mayoría protegía sus cabezas con sombreros de paja. El señor Buggage los observó. Casi sin excepción, eran ingleses. De los más ricos, finos, corteses, obesos y gritones ingleses, sosos hasta el aburrimiento. Los había visto antes en Jamaica y Barbados y otros sitios por el estilo. Era evidente que muchos de ellos ya se conocían entre sí porque en su país, como es lógico, se movían en los mismos círculos. Pero, se conociesen o no, sin lugar a dudas se aceptaban unos a otros porque todos pertenecían al mismo anónimo pero exclusivo club. Cualquiera de sus miembros, gracias a alguna sutil alquimia social, siempre reconocía a otro socio de un vistazo. Sí, se decían a sí mismos, es uno de los nuestros. Es una de los nuestras. El señor Buggage no era uno de los suyos. No pertenecía al club y nunca pertenecería. Era un arribista y eso, tuviese los millones que tuviese, lo convertía en alguien inaceptable. Además, era descaradamente vulgar, lo que también resultaba inaceptable. Los muy ricos podían ser tan vulgares como él, o incluso más, pero lo eran de una forma diferente.

—Ahí los tienes —dijo el señor Buggage, observando a los huéspedes al otro lado de la piscina—. Nuestro pan de cada día. Cada uno de ellos es un cliente en potencia.

—Cuánta razón llevas —dijo la señorita Tottle.

El señor Buggage, recostado en una colchoneta de listas azules, rojas y verdes, se incorporó sobre un codo y observó a los demás huéspedes. La barriga se le desparramaba en capas por encima de su bañador y por entre las lorzas grasientas corrían gotitas de sudor. Fijó su atención en la figura yacente de la señorita Tottle, acostada a su lado en otra colchoneta solo para ella. Su busto barra de pan estaba sujeto por la tira de un bikini escarlata. La pieza inferior era de una atrevida pequeñez, posiblemente una talla menos, y el señor Buggage podía distinguir cómo empezaba a nacerle vello negro en la cara interna de los muslos.

—Vamos a dar cuenta de nuestro almuerzo, cariño, y luego subiremos a nuestra habitación y nos echaremos una siestecita, ¿de acuerdo?

La señorita Tottle exhibió sus sulfurosos dientes y asintió con la cabeza.

—Y después escribiremos unas cartas.

—¿Cartas? —exclamó—. ¡No quiero saber nada de cartas! ¡Creía que esto eran unas vacaciones!

—Son vacaciones, cariño, pero cuando se me presenta la ocasión de hacer un buen negocio no pienso dejarla pasar. El hotel te prestará una

máquina de escribir. Ya lo he consultado. Y también me prestan su *Who's Who*. En cualquier lugar del mundo, todo buen hotel tiene un *Who's Who* inglés. Al director le gusta saber quién es importante para ir detrás lamiéndole el trasero.

—A ti no te encontrarán entre sus páginas —le dijo la señorita Tottle, un poco enfurruñada.

—No —respondió el señor Buggage—. Ahí te doy la razón. Pero tampoco encontrarán a demasiados con más dinero. En este mundo no se trata de quién eres, mi niña. Ni siquiera se trata de a quién conoces. Lo que cuenta es lo que tienes.

—Nunca hemos hecho cartas estando de vacaciones —dijo la señorita Tottle.

—Siempre hay una primera vez para todo, cariño.

—¿Y cómo podemos escribirlas sin periódicos?

—Sabes muy bien que los periódicos ingleses siempre llegan por correo aéreo a sitios como este. Cuando llegamos, compré un número del *Times* en el vestíbulo. Trae casi lo mismo que el ejemplar con el que trabajé ayer en la oficina, así que ya he cumplido con la mayor parte de mis deberes. Empieza a apetecerme un trozo de esa langosta de allí. ¿Alguna vez habías visto langostas tan grandes?

—Pero ¿no tendrás pensado enviar las cartas desde aquí, no? —preguntó la señorita Tottle.

—Claro que no. Las dejaremos sin fecha y las dataremos y franquearemos en cuanto volvamos. Así nos guardamos unas cuantas buenas cartas en la manga.

La señorita Tottle miró las langostas sobre la mesa al otro lado de la piscina, luego a la gente que se arremolinaba a su alrededor y, a continuación, estiró el brazo para poner la mano sobre el muslo del señor Buggage. Empezó a acariciar la piel peluda por debajo del bañador. —Venga, Billy —dijo—, ¿por qué no nos damos un respiro con las cartas como siempre que estamos de vacaciones?

—No querrás que desperdiciemos mil libras al día, ¿verdad? —dijo el señor Buggage—. Y un cuarto es para ti, no lo olvides.

—No tenemos el papel timbrado de la empresa y no podemos usar el del hotel, por el amor de Dios.

—He traído el papel de la correspondencia —dijo, triunfal, el señor Buggage—. Tengo una caja enterita. Y sobres.

—Vale, está bien —cedió la señorita Tottle—. ¿Me traerías un poco de esa langosta, cariño mío?

—Iremos juntos —dijo el señor Buggage, al tiempo que se levantaba y empezó a rodear patosamente la piscina con su bañador estampado con flores verdes, amarillas y blancas; lo había comprado en Honolulu un par de años antes y le llegaba hasta la rodilla. La señorita Tottle se levantó y lo siguió.

El señor Buggage estaba sirviéndose del bufé cuando tras él oyó una voz masculina que decía:

—Fiona, me parece que no conoces a la señora Smith-Swithin... y te presento también a *lady* Hedgecock.

—Mucho gusto..., el gusto es mío —oyó decir a las voces.

El señor Buggage se giró para observar al grupo, un hombre y una mujer en traje de baño y dos ancianas damas con vestidos de algodón. Esos nombres, pensó. Esos nombres los he oído antes, estoy seguro... Smith-Swithin..., *lady* Hedgecock. Se encogió de hombros y siguió apilando comida en el plato.

Unos minutos después se sentó con la señorita Tottle en una mesa pequeña bajo una sombrilla. Ambos daban buena cuenta de la gigantesca mitad de una langosta. —Dime, ¿te suena el nombre de *lady* Hedgecock? —le preguntó el señor Buggage con la boca llena.

—¿*Lady* Hedgecock? Es una de nuestras clientas. O lo era. Nunca me olvido de nombres como ese. ¿Por qué?

—¿Y una tal señora Smith-Swithin? ¿Te dice algo?

—Pues ahora que lo dices, sí —respondió la señorita Tottle—. Las dos. ¿Por qué lo preguntas, así de repente?

—Porque están aquí.

—¡Dios mío! ¿Cómo lo sabes?

—Y todavía hay más, mi niña, ¡están juntas! ¡Son amigas del alma!

—¡No puede ser!

—¡Oh, sí!

El señor Buggage le contó cómo lo había sabido.

—Allí estaban —dijo, apuntando con un tenedor de dientes amarillos por la mayonesa—. Dos pavas viejas y gordas, hablando con el tipo alto y su mujer.

La señorita Tottle estaba fascinada. —¿Sabes? —dijo—, en todos estos años, desde que empezamos con el negocio, nunca había visto en carne y hueso a ninguno de nuestros clientes.

—Yo tampoco —dijo el señor Buggage—. Puedes estar segura de una cosa: los he elegido bien, ¿verdad? Es obvio que están forrados. Y, más obvio todavía, son estúpidos.

—¿Crees que podría ser peligroso, Billy, que se conozcan entre ellas?

—No deja de ser una curiosa coincidencia —dijo el señor Buggage—, pero no creo que sea peligroso. Ninguna de ellas dirá ni una palabra. Nunca. Eso es lo mejor de todo.

—Supongo que tienes razón.

—El único peligro posible —dijo el señor Buggage— sería que viesen mi nombre en las reservas. Mi apellido no es muy común, igual que el suyo. Les sonaría enseguida.

—Los huéspedes no llegan a ver las reservas —dijo la señorita Tottle.

—No, no las ven —dijo el señor Buggage—. Nadie va a incordiarnos. Nunca lo han hecho y nunca lo harán.

—Esta langosta está increíble —dijo la señorita Tottle—. La langosta es afrodisíaca —proclamó el señor Buggage, dándole otro bocado.

—Querrás decir las ostras, querido.

—No me refería a las ostras. Las ostras también son afrodisíacas, pero las langostas lo son con mayor intensidad. Una fuente de langostas puede hacer que algunas personas se vuelvan locas.

—¿Tú, por ejemplo? —preguntó ella, removiendo el trasero en la silla.

—Tal vez —dijo el señor Buggage—. Habrá que esperar a ver qué es lo que sucede, ¿no crees, cariño mío?

—Sí.

—Menos mal que son tan caras —dijo el señor Buggage—. Si cualquier fulano, mengano o zutano pudiese permitírselas, el mundo estaría lleno de maníacos sexuales.

—No dejes nada en el plato —le dijo ella.

Después del almuerzo subieron a su *suite*, en cuya inmensa cama retozaron torpemente

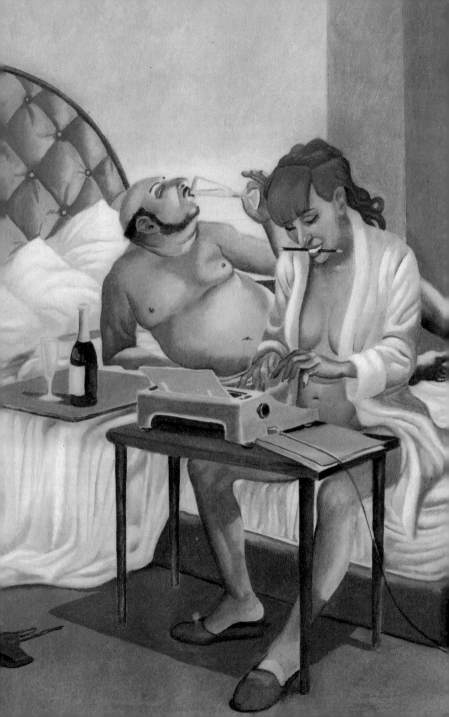

durante unos minutos. A continuación se echaron una siesta.

Sentados en su salita privada, cubrían su desnudez solo con unas batas, la del señor Buggage de seda color ciruela, la de la señorita Tottle en rosa chicle y verde claro. El señor Buggage se había recostado en el sofá con un ejemplar del *Times* del día anterior en el regazo y un *Who's Who* sobre la mesa de centro.

La señorita Tottle se había sentado al escritorio, ante una máquina de escribir del hotel, con un cuaderno en la mano. Ambos bebían champán otra vez.

—Este es material de primera —decía el señor Buggage—. *Sir* Edward Leishman. Consiguió que le dieran el obituario más destacado. Presidente de Aerodynamics Engineering. Uno de nuestros industriales más relevantes, dice.

—Suena bien —dijo la señorita Tottle—. Asegúrate de que la mujer sigue viva.

—Deja viuda y tres hijos —leyó el señor Buggage en voz alta—. Y… espera un momento…, el *Who's Who* dice: «Aficiones: pasear y pesca. Clubes: White's y Reform».

—¿Dirección? —preguntó la señorita Tottle.

—Red House, Andover, Wilts.

—¿Cómo se escribe *Leishman*? —preguntó la señorita Tottle. El señor Buggage se lo deletreó.

—¿A por cuánto vamos?

—Mucho —dijo el señor Buggage—. Estaba forrado. Prueba con unas novecientas.

—¿Quieres colarle la *Guía completa de la pesca de río*? Dice que era pescador de caña.

—Sí. La primera edición. Cuatrocientas veinte libras. Lo demás ya te lo sabes de memoria. Despáchalo pronto. Tengo en el disparadero otro de los buenos.

La señorita Tottle insertó una hoja de correspondencia en la máquina y empezó a teclear a toda velocidad. Llevaba años escribiendo miles de cartas como aquella y nunca había tenido que pararse a pensar una sola palabra. Hasta sabía cómo enumerar los libros para que la cifra final sumase en torno a novecientas libras o trescientas cincuenta o quinientas veinte o lo que fuese. Podía llegar a cualquier cifra que el señor Buggage creyese que el cliente estaría dispuesto a asumir. Uno de los secretos de este negocio en concreto, como sabía el señor Buggage, era no pasarse de avaricioso. Nunca superar las mil libras, aunque fuese un famoso millonario.

La carta, tal y como la mecanografió la señorita Tottle, decía lo siguiente:

WILLIAM BUGGAGE-LIBROS RAROS
27a Charing Cross Road, Londres.

Estimada lady *Leishman:*

Con gran pesar lamento verme obligado a molestarla en este trágico trance de su duelo, pero tristemente las circunstancias no me dejan otra alternativa.

Con sumo placer le envié durante años a su difunto esposo mis facturas, remitidas siempre a

White's, al igual que pequeños paquetes con esos li-bros que con tanto entusiasmo coleccionaba.

Era un caballero con el que daba gusto hacer negocios y que siempre se distinguió por pagar con exquisita prontitud. Le adjunto la lista de sus adquisiciones más recientes, las que había encargado poco antes de su fallecimiento y que se le entregaron siguiendo el procedimiento habitual.

Quizá deba explicarle que publicaciones de estas características son, con frecuencia, muy raras y, por tanto, sus precios son bastante elevados. Algunas son ediciones privadas, mientras que otras han sido prohibidas en este país, lo que las encarece todavía más.

Le aseguro, para su completa tranquilidad, estimada señora, que siempre gestiono mis negocios con la más estricta confidencialidad. Mi propia reputación, cimentada a lo largo de años y años en el ramo, es la mejor garantía de mi discreción. Cuando satisfaga la cuenta, no volverá a saber más acerca de esta cuestión, a no ser, claro está, que caiga en sus manos *la colección de literatura erótica de su difunto esposo, en cuyo caso estaría encantado de hacerle una oferta para su adquisición.*

Estos son los libros: Guía completa de la pesca de río, *Isaak Walton. Primera edición, ejemplar en buen estado. Ligero desgaste en bordes. Raro, 420 libras.* El amor de las pieles, *Leopold von Sacher Masoch, edición de 1920. Sobrecubierta, 75 libras.* Secretos sexuales, *traducción del danés, 40 libras.* Cómo dar placer a jovencitas una vez cumplidos los sesenta*, ilustrado. Edición privada, París, 95 libras.* El arte del castigo: la vara, la fusta y el látigo*, traducción del alemán. Prohibido en el Reino Unido, 115 libras.* Tres monjas traviesas*, edición en buen estado, 60 libras.* El control: esposas y lazos de seda*, ilustrado, 80 libras.* Por qué las adolescentes prefieren hombres maduros*, ilustrado. Estados Unidos, 90 libras.* Directorio de damas de compañía y azafatas de Londres*, última edición, 20 libras. Total a deber: 995 libras.*

Atentamente, William Buggage.

—Listo —dijo la señorita Tottle, sacando la carta de la máquina de escribir—. Esta ya está acabada. Pero ten en cuenta que no tengo aquí mi biblia, así que cuando hayamos vuelto tendré que comprobar los títulos, antes de echarlas al correo.

—Asegúrate de hacerlo —dijo el señor Buggage.

La biblia de la señorita Tottle era un inmenso fichero en el que había registrado los nombres y direcciones de todos los clientes a los que habían escrito desde los inicios del negocio. Su finalidad era evitar con la mayor precisión que dos miembros de la misma familia recibiesen una factura de Buggage. Si esto llegase a ocurrir, podían correr el peligro de que comparasen los documentos. También les advertía de si una viuda ya había recibido una factura tras la muerte de su primer marido, para no enviarle otra si fallecía el segundo esposo. Lógicamente, algo así habría descubierto el pastel. No existía una garantía total de que pudiesen evitar este peligrosísimo error, ya que al casarse de nuevo la viuda habría cambiado su apellido, pero la señorita Tottle había desarrollado un instinto que le permitía oler estas trampas, y la biblia le era de gran ayuda en ello.

—Y ahora, ¿quién es el siguiente? —preguntó la señorita Tottle.

—El siguiente es el teniente general Lionel Anstruther. Aquí está. El *Who's Who* le dedica al menos seis pulgadas de texto. Clubes: los del Ejército y la Marina. Aficiones: la caza del zorro.

—Supongo que se cayó del caballo y se rompió el maldito cuello —dijo la señorita Tottle—. Empezaré por *Memorias de un cazador*, primera edición, ¿te parece?

—Perfecto. Doscientas veinte libras —dijo el señor Buggage—. Y que el total sume entre quinientas y seiscientas.

—De acuerdo.

—E incluye *La marca ardiente de la fusta*. Esta gente del mundo de la caza debe de estar muy familiarizada con los látigos.

Y así marchaba el negocio.

Las vacaciones en Marrakech fueron de lo más agradables y nueve días más tarde el señor Buggage y la señorita Tottle estaban de vuelta en su oficina de Charing Cross Road. Traían la piel chamuscada por el sol, tan roja como las muchas langostas que se habían comido. Enseguida se acomodaron de nuevo a su habitual y estimulante rutina. Día tras día salían las cartas y entraban los cheques. Era increíble la fluidez con la que marchaba el negocio. Por supuesto, las bases psicológicas sobre las que se sustentaba eran de gran solidez. Golpea a una viuda en lo más duro de su pena, golpéala con algo tan espantoso que le resulte insoportable, algo que desee olvidar y superar, algo que no quiera que nadie más descubra. Por si esto no fuese suficiente, también cuenta la inminencia del funeral. Así que paga diligentemente para quitarse de en medio la sordidez de ese pequeño incordio. El señor Buggage conocía bien el paño que cortaba. En todos sus años en activo, jamás había recibido una sola protesta o carta airada. Solo sobres con cheques dentro. De vez en cuando, aunque no con demasiada frecuencia, no le llegaba una respuesta. Alguna viuda descreída con el valor suficiente para arrojar su carta a la papelera, y con ello acababa el asunto. Ninguna se atrevía a cuestionar la factura porque nunca podía tener la total certeza de que su difunto marido hubiera sido tan puro como ella había creído y deseado como esposa. Los hombres nunca lo son. En muchos casos, claro, la viuda sabía muy bien que su querido marido había sido un viejo verde y la lista del señor Buggage no era motivo de sorpresa. Así que pagaba con aún mayor diligencia.

Una húmeda y lluviosa tarde de marzo, más o menos un mes después de que hubiesen regresado de Marrakech, el señor Buggage se encontraba cómodamente recostado en su oficina, con los pies encima de su elegante escritorio, mientras dictaba a la señorita Tottle algunos detalles acerca de un distinguido general ya fallecido. «Aficiones

—decía, leyendo el *Who's Who*—: jardinería, vela y filatelia». En ese instante, se abrió la puerta principal del establecimiento y entró un joven con un libro en la mano. —¿El señor Buggage? —preguntó.

El señor Buggage levantó la vista.

—Ella —dijo, indicándole con la mano a la señorita Tottle—. Ella le atenderá.

El joven se quedó parado. Su abrigo azul marino estaba mojado y por el pelo le resbalaban gotitas de lluvia. No miró a la señorita Tottle. Mantuvo fija la mirada en el señor Buggage. —¿No quiere el dinero? —preguntó con afabilidad.

—Ella se lo cogerá.

—¿Por qué no lo coge usted?

—Porque la cajera es ella —respondió el señor Buggage—. Si quiere comprar un libro, adelante. Ella le atenderá.

—Preferiría que me atendiese usted —dijo el joven.

El señor Buggage levantó la vista para mirarlo. —Vamos —dijo—, hazme caso y sé un buen chico.

—¿Es usted el propietario? —preguntó el joven—. ¿Es usted el señor William Buggage?

—¿Y qué pasa si lo soy? —dijo el señor Buggage, con los pies todavía encima de la mesa.

—¿Lo es o no lo es?

—¿Y a quién le importa? —dijo el señor Buggage.

—Entonces lo es —dijo el joven—. Encantado de conocerlo, señor Buggage —su voz había adoptado un tono distinto, mezcla de desdén y burla.

El señor Buggage bajó los pies del escritorio y se incorporó ligeramente.

—Vaya un mocoso insolente —dijo—. Si quieres ese libro, te aconsejo que dejes ahí tu dinero y te des el piro. ¿Lo pillas?

El joven se giró hacia la puerta, aún abierta, que comunicaba con la parte delantera de la librería. Justo al otro lado, un par de clientes de los habituales, hombres ataviados con gabardina, examinaban los libros.

—Mamá —llamó con suavidad el joven—. Puedes entrar, mamá. El señor Buggage está aquí.

Una mujer de baja estatura y que rondaría los sesenta años entró y se quedó de pie al lado del joven. Su silueta era esbelta para su edad y su rostro alguna vez había sido de lo más cautivador, pero ahora delataba señales de tensión y fatiga, y la pena había apagado el brillo de sus ojos azul pálido. Vestía un abrigo y un sencillo sombrero de color negro. Dejó la puerta abierta tras ella.

—Señor Buggage —dijo el joven—, le presento a mi madre, la señora Northcote.

La señorita Tottle, el archivo mental de nombres, se giró con rapidez y, mirando al señor Buggage, le lanzó pequeños gestos de advertencia con la boca. El señor Buggage captó el mensaje y, con toda la cortesía de la que era capaz, preguntó:

—¿En qué puedo ayudarla, señora?

La mujer abrió su bolso negro y sacó una carta. La desplegó con cuidado y se la mostró al señor Buggage.

—Entonces, ¿es usted el que me ha enviado esto?

El señor Buggage cogió la carta y se tomó su tiempo en examinarla. La señorita Tottle, que ya había girado completamente su silla, lo observaba.

—Sí —dijo el señor Buggage—. La carta y la factura son mías. Está todo bien y en regla. ¿Cuál es su problema, señora?

—Lo que he venido a preguntarle —dijo la mujer— es si usted cree que todo es correcto.

—Me temo que sí, señora.

—Pero es que resulta tan increíble…, me resisto a creer que mi marido hubiese comprado estos libros.

—Vamos a ver, su marido, el señor.

—El señor Northcote —dijo la señorita Tottle.

—Sí, el señor Northcote, sí, por supuesto. El señor Northcote no se dejaba caer mucho por aquí, a lo mejor una o dos veces, pero era nuestro cliente y un excelente caballero. Permítame que le exprese mis más sinceras condolencias.

—Gracias, señor Buggage. ¿Pero está usted seguro de que no lo habrá confundido con otra persona?

—Ni la más remota posibilidad, señora. Estoy completamente seguro. Mi eficiente secretaria, aquí presente, les confirmará que no hemos cometido error alguno.

—¿Me dejarían verla? —preguntó la señorita Tottle, levantándose y acercándose a coger la carta de manos del señor Buggage—. Sí —dijo, mientras la examinaba—. Yo misma la mecanografié. No hay ningún error.

—La señorita Tottle lleva mucho tiempo a mi servicio —dijo el señor Buggage—. Conoce el negocio como la palma de su mano. No recuerdo que haya cometido ni el más mínimo error.

—Espero que no —dijo la señorita Tottle.

—Ya lo ve, señora —dijo el señor Buggage.

—Es que es sencillamente imposible —insistió la mujer.

—Ah, así son los hombres —dijo el señor Buggage—. Todos buscan alguna que otra vez un poco de diversión y no hay nada malo en ello, ¿no cree? —Confiado, seguía sin levantarse de la silla, con la esperanza de haber zanjado el asunto. Se sentía dueño de la situación.

La mujer permanecía muy erguida y quieta. Miró al señor Buggage fijamente a los ojos.

—Estos libros curiosos que enumera en su factura —dijo—, ¿los editan en braille?

—¿En qué?

—En braille.

—No tengo ni idea de lo que me está hablando, señora.

—Ya tenía esa impresión —dijo—. Es la única forma que habría tenido mi marido para leerlos. Perdió la vista en la última guerra, en la batalla de El Alamein, hace más de cuarenta años, y quedó ciego desde entonces.

De repente se hizo el silencio en la habitación. Madre e hijo seguían de pie sin moverse, observando al señor Buggage. La señorita Tottle se giró para mirar por la ventana. El señor Buggage carraspeó, como si fuese a decir algo, pero luego se lo pensó mejor. Los dos hombres de gabardina, que habían estado lo suficientemente cerca de la puerta abierta como para oír hasta la última palabra de lo que allí se había dicho, entraron con discreción en la oficina. Uno de ellos mostró una tarjeta plastificada y le dijo al señor Buggage: —Inspector Richards, división de Delitos Graves, Scotland Yard. —Y a la señorita Tottle, que regresaba a su escritorio—: Por favor, señorita, no toque esos papeles. Déjelo todo exactamente como está. Ustedes se vienen con nosotros.

Con suavidad, el joven cogió a su madre por el brazo para ayudarla a salir de la oficina, cruzar la librería y alcanzar la calle.

WILLIAM BUGGAGE

RARE BOOKS

27a CHARING CROSS ROAD,
LONDON

Esta edición de El librero, compuesta en
tipos Bembo 13,5/19 sobre papel Gardapat de
150 gramos, se acabó de imprimir en Madrid
el día 7 de febrero de 2022, aniversario del
nacimiento de Charles Dickens

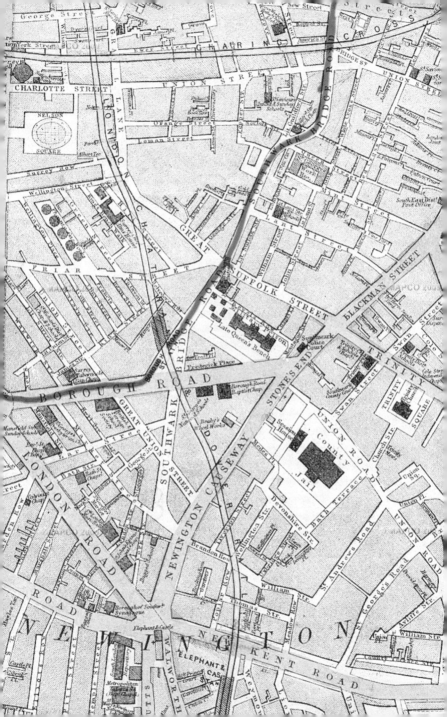

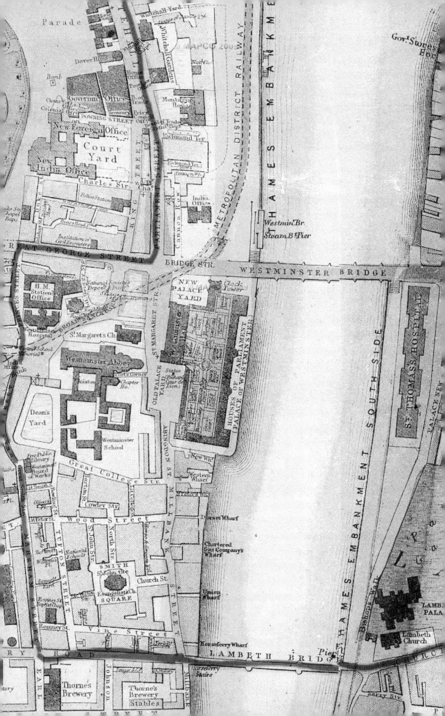